AQUARIUS

AQUARIUS

AQUARIUS

AQUARIUS

每個人心中都有一座島嶼，

藉文字呼息而靜謐，

Island，我們心靈的岸。

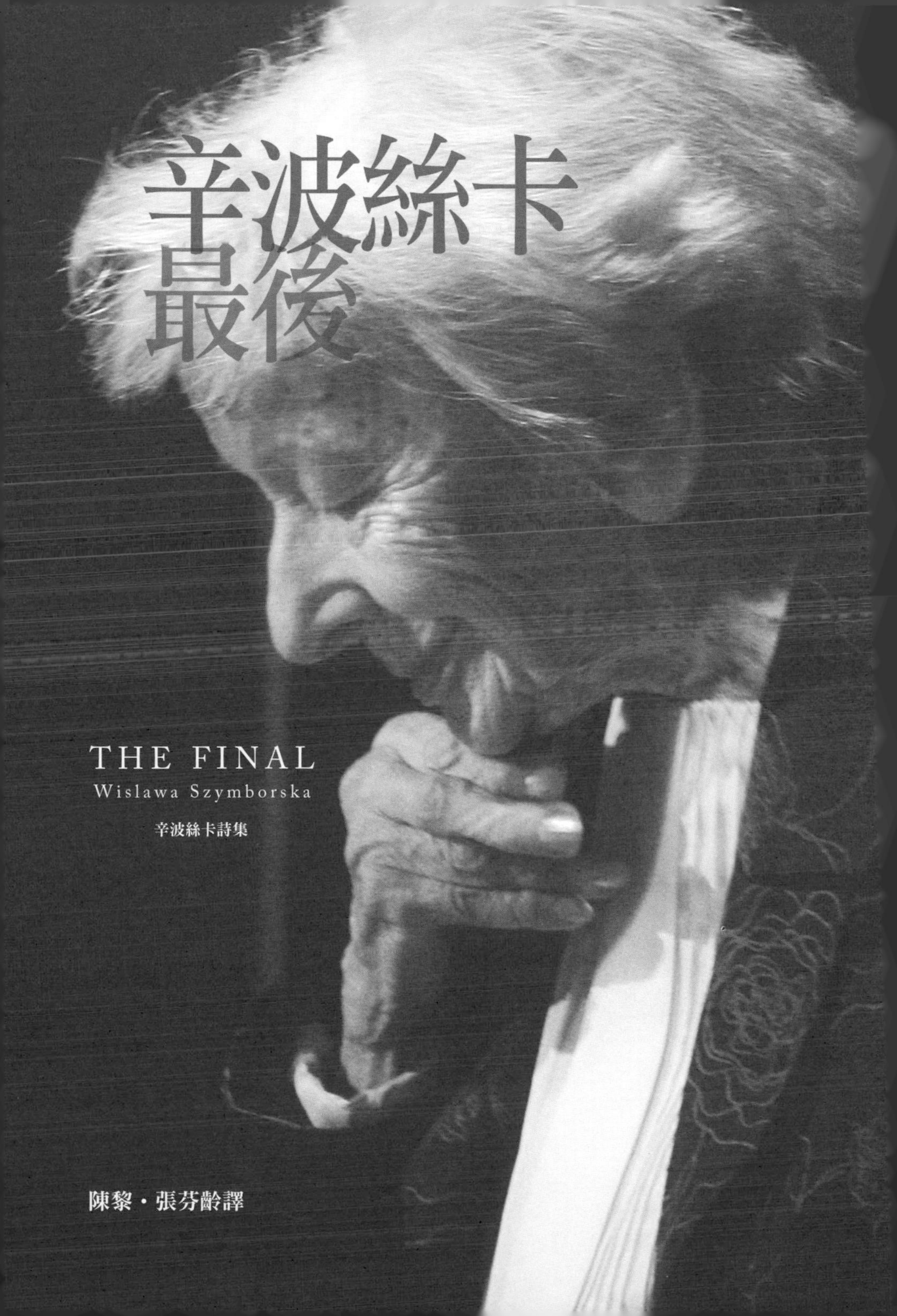

辛波絲卡
最後

THE FINAL

Wislawa Szymborska

辛波絲卡詩集

陳黎・張芬齡譯

目錄

這裡（2009）

目錄

未出版作品（1944-1948）

足矣（2012 死後出版詩集）

【附錄一】

【附錄二】

這裡

（2009）

這裡

噢我無法代其他地方發言，
但在這裡在地球上我們各項物資充裕。
在這裡我們製造椅子和哀愁，
剪刀，小提琴，感性，電晶體，
水壩，玩笑和茶杯。

別的地方各項物資也許更豐，
但基於非特定原因他們缺乏畫作，
陰極映像管，餃子和拭淚用的紙巾。

這裡有無數周圍另有地方的地方。
你或許對其中一些情有獨鍾，

可以為它們取個暱稱，
以收避邪之效。

別處也許有類似的地點，
但沒有人覺得它們美麗。

沒有其他任何地方，或幾乎無任何地方
你可以像在這裡一樣擁有自己的軀體，
以及必要的配備，
將自己的孩子加入別人的孩子中。
外加手，腿和倍感驚奇的腦。

無知在這裡超時工作，
不斷地計算，比較、測量，
下結論，找原因。

我知道，我知道你在想什麼。
這裡無一物恆久，
因為自遠古以來皆受大自然的力量主宰。
而你知道——大自然的力量容易疲勞
有時需長時間休息
才重新啟動。

我知道你接下來會想什麼。
戰爭，戰爭，戰爭。
但還是有中場休息的時候。
立正——人類是邪惡的。
稍息——人類是善良的。
立正時創造了荒原。
稍息時揮汗建造了房屋，

然後儘快入住。

在地球上生活化費不多。
譬如，夢境不收入場費。
幻想只有在破滅時才需付出代價。
身體的租用費——用身體支付。

再補充一點，
你可免費在行星的旋轉木馬上旋轉，
而且和它一起搭乘星際暴風雪的便車，
令人眩目的光午如此迅捷
地球上無一物來得及顫抖。

請仔細看：
桌子還立在原本的位置，

紙張依然在原先攤開的地方，
唯微風吹進半開的窗戶，
牆壁上沒有任何可怕的裂縫，
會讓風把你吹向烏有。

在熙攘的街上想到的

臉孔。
地表上數十億張臉孔。
每一張都顯然不同於
過去和以後的臉孔。
但是大自然——有誰真了解她呢——
或許厭煩了無休止的工作
因而重複使用先前的點子
把曾經用過的臉
放到我們臉上。

與你擦肩而過的也許是穿牛仔褲的阿基米德，
披著大拍賣零售衣的凱薩琳女皇，

某個提公事包、戴眼鏡的法老王。

來自還是小鎮華沙的
赤腳鞋匠的寡婦；
帶孫子去動物園，
來自阿爾塔米拉洞窟的大師；
正要去美術館欣賞一下藝術，
頭髮蓬亂的汪達爾人。

有些臉孔出現於兩百個世紀前，
五世紀前，
半世紀前。

有人搭金色馬車而來，
有人乘大屠殺的列車而去。

蒙特祖馬❶，孔子，尼布甲尼撒❷，
他們的看護，洗衣婦，以及賽密拉米斯❸
——只用英文交談。

地表上數十億張臉孔。
你的，我的，誰的——
你永遠不會知道。
大自然必是想愚弄我們，
而且為了趕上進度，充分供貨，
她開始自遺忘的鏡子
打撈那些早已沉沒的臉。

❶蒙特祖馬（約1475-1520），古墨西哥阿茲特克帝國最後一任國王。

❷尼布甲尼撒（Nebuchadnezzar，約634-562 BC），古巴比倫第四王朝國王。
❸賽密拉米斯（Semiramis），傳說中的亞述女王。

點子

有個點子來找我
寫點押韻的東西？寫首詩？
好的——我說——待會再走，我們聊聊。
你得跟我多講講你的事情。
　於是它在我耳邊輕聲說了幾句話。
啊，原來如此——我說——挺有趣的。
這些事擱在我心裡很久了。
但要將之寫成詩？不行，絕不可以。
　於是它在我耳邊輕聲說了幾句話。
這只是你的想法——我回答——
你高估我的能耐和天分了。
我甚至不曉得從何寫起。

　於是它在我耳邊輕聲說了幾句話。
你說錯了——我說——精練的短詩
要比長詩難寫許多。
別糾纏我，別再說了，這事成不了。
　於是它在我耳邊輕聲說了幾句話。
好吧，我試試，既然你執意如此。
但別說我沒警告你。
我會寫，然後將之撕碎，丟進垃圾桶。
　於是它在我耳邊輕聲說了幾句話。
你說對了——我說——畢竟還有其他詩人。
有些文筆比我更優。
我會把名字和地址給你。
　於是它在我耳邊輕聲說了幾句話。
我當然會嫉羨他們。
我們連爛詩都嫉妒。

但這一首少了……可能少了……

　於是它在我耳邊輕聲說了幾句話。

沒錯，少了你列出的那些特質。

所以我們換個話題吧。

來杯咖啡如何？

它只是嘆氣。

開始消失。

消失無蹤。

少女

我——少女？

如果她突然，此地，此刻，站在我面前，
我需要把她當親人一樣地歡迎，
即使對我而言她既陌生又遙遠？

掉一滴眼淚，親她的額頭，
僅僅因為
我們同一天生日？

我們之間有很多不同點，
或許只有骨頭相同，

頭蓋骨，眼窩。

因為她的眼睛似乎稍稍大些，
睫毛長些，個了高些，
而且全身緊裹著
光潔無瑕的肌膚。

我們的確有共通的親友，
但在她的世界幾乎全都健在，
在我的世界則幾近無一倖存
於同樣的生活圈。

我們如此迥異，
談論和思考的事情截然不同。
她幾近無知——

卻堅守更高的目標。
我遠比她見多識廣——
卻充滿疑慮。

她給我看她寫的詩，
字跡清晰工整，
我已封筆多年。

我讀那些詩，讀詩。
嗯，那首也許還不錯
如果改短一點，
再修訂幾個地方。
其餘似乎沒啥看頭。
我們結結巴巴地交談。

時間在她劣質的錶上
依然搖擺不定而廉價。
在我的錶上則昂貴且精準許多。

空洞的告別，敷衍的微笑，
不帶一絲情感。

她在消失的當下，
匆忙之中忘了帶走圍巾。

一條純羊毛圍巾，
彩色條紋，
我們的母親
以鉤針為她編織的。

至今仍留在我這兒。

與回憶共處的艱辛時光

對回憶而言我是個很糟的聆聽者。
她要我不間斷地聽她說話，
而我卻毛毛躁躁，坐立難安，
愛聽不聽的，
出去，回來，又出去。

她要我給她全部的時間和注意力。
我睡覺時這不成問題。
在白天情況往往有別，這讓她心煩意亂。

她急切地把舊信件、老照片硬塞到我面前，
翻啟重要與不重要的舊帳，

要我重新審視被忽略的景象，
讓已逝的往事進駐。

在她的故事裡，我總是比較年輕。
這很好，但幹嘛老是舊調重彈。
每一面鏡子都帶給我不同新貌。

我聳肩時她生氣。
隨後心存報復地搬出我所有前非，
嚴重，但被輕易遺忘的過錯。
她直視我雙眼，等著看我的反應。
最後安慰我：還好這不算最糟。

她要我只為她而活，只與她一起生活。
最好是在黑暗、上鎖的房間，

而我老規劃著當下的陽光，
流動的雲，以及腳下的路

有時候我受夠了她。
我提議分手。從此一刀兩斷。
她憐憫地對我微笑，
因為她知道那也會是我的末日。

小宇宙

當他們首次以顯微鏡觀看時，
一股寒顫襲來，至今猶在。
生命迄今以各種大小和形狀
展現十足瘋狂的樣貌。
因此它創造了微型生物，
類別齊全的小蟲和蒼蠅，
但至少還讓人類能以肉眼
看見它們。

而後突然在一個玻璃片下面，
過度的異類
又如此微小，

它們在空間中所佔據的
只能被寬厚地稱之為地方。

玻璃片根本沒碰到它們，
它們未受任何一重阻礙，
空間寬裕，可恣意妄為。

說它們為數眾多——還算低估了。
顯微鏡倍率越高，
它們就越熱烈、越精確地倍增。

它們甚至沒有像樣的內臟。
不知性別、童年、老年為何物。
甚至可能不知道自己是存在——或不存在。
然而它們決定我們的生死。

有一些，瞬間停滯，就凍住了，
雖然我們不知道它們的瞬間是什麼。
因為它們如此微小，
它們的時間單位
可能因此分得更細更碎。

隨風而起一粒灰塵
是來自外太空的一顆流星。
一枚指紋是一座遼闊的迷宮，
它們可能在那兒集合
進行無聲的遊行，
它們看不見的《伊里亞德》和《奧義書》。

我很久以前就想寫它們了，

但題材棘手，
老是往後拖延，
也許留待比我對世界更感驚異的
更好的詩人為之。
但時間將盡。於是我動筆。

有孔蟲❶

好吧，我們以有孔蟲為例。
它們活過，因為存在過；它們存在過，因為活過。
它們為其所能為，因為有能力為之。
因為是複數，所以用複數形，
雖然各自獨立，
自有天地，因為各有其
鈣質外殼。
後來時間分層地
概述它們，因為分層，
不談細節，
因為遺憾藏在細節裡。
於是擺在我眼前的

是二合一的觀點：
由諸多微小的永久安息
構成的傷心墓地，
或者
自海洋浮現——蔚藍
海洋，迷人的白色岩石，
在此處的岩石，因為它們在此。

❶有孔蟲（學名foraminifera）是一種古老、有殼的海洋原生動物，能分泌鈣質或矽質，形成外殼，殼上有一大孔或多個細孔，以便伸出偽足，因此名為「有孔蟲」。其種類繁多，大致可分為浮游性和底棲性兩類。浮游性有孔蟲漂浮水中，可廣泛分布；底棲性有孔蟲生存於海底，活動範圍較小。有孔蟲由寒武紀開始便不斷演化，演變迅速且愈來愈繁盛，常成為相關年代的重要標準化石。其體積小，不同種類有特定生存領域，可揭露古環境與古氣候訊息，故亦為頗佳的指相化石。有孔蟲在定年、演化、地層對比、地層劃分、海洋地質研究等領域，都很有作用。

旅行前

他們稱它：空間。
用這一個詞去界定很容易，
用很多詞會困難許多。

既空無一物也充滿一切？
即便敞開也密不透風，
因為所有東西
都逃脫不了？
無限度地膨脹？
若有限度，
界線究竟在哪裡？

嗯，一切安好。但現在該睡覺了。
夜深了，明天還有更多急迫的事
專為你抓緊時間量身訂做：
摸摸近在手邊的器物，
放眼意想中的遠方，
聽聽聽力所及範圍內的聲音。

接著是從A點到B點的行程。
當地時間 12:40 出
發，
飛越一團團當地的雲朵，
疾駛過，無邊無垠，
飛逝的天空。

離婚

對孩子而言：第一個世界末日。
對貓而言：新的男主人。
對狗而言：新的女主人。
對家具而言：樓梯，砰砰聲，卡車與運送。
對牆壁而言：畫作取下後留下的方塊。
對樓下鄰居而言：稍解生之無聊的新話題。
對車而言：如果有兩部就好了。
對小說、詩集而言——可以，你要的都拿走。
百科全書和影音器材的情況就比較糟了，
還有那本《正確拼寫指南》，裡頭
大概對兩個名字的用法略有指點——
依然用「和」連接呢
還是用句點分開。

恐怖分子

他們一連想了好幾天，
要如何殺人，殺得快狠準，
要多少人被殺才算殺得夠多。
撇開這些，他們三餐吃得津津有味，
禱告，洗腳，餵鳥，
邊搔胳肢窩邊講電話，
為剪到的手指止血，
他們如果是女人會買衛生棉，
眼影，插放在花瓶裡的花，
心情好時開開玩笑，
喝從冰箱拿出的柳橙汁，
晚上看月亮和星星，

戴耳機聽輕音樂，
然後香甜地睡到天亮
——除非他們所想的事必須在夜間進行。

例子

狂風
昨夜剝光樹上的葉子
僅留下
一片孤葉
在光禿的枝椏上獨自搖擺弄姿。

以此實例
暴力昭告天下
沒錯——
它有時喜歡耍個小幽默。

認領

你來了真好——她說，
星期四的墜機事件你聽說了嗎？
他們來看我
就是為了這事。
據說他在乘客名單上。
那又怎麼樣？說不定他改變主意。
他們給了我一些藥丸，怕我崩潰。
然後給我看一個我認不得是誰的人。
全身燒得焦黑，除了一隻手，
一塊襯衫碎片，一只手錶，一枚婚戒。
我很氣，因為那鐵定不是他。
他不會那樣對我的，以那副模樣。

那樣的襯衫店裡到處都是。
那手錶是普通款。
戒指上我們的名字
再尋常不過了。
你來了真好。坐到我身邊來。
他的確應該星期四回來。
但今年還有好多個星期四。
我會去燒壺水泡茶。
還要洗頭，接下來呢，
睡一覺忘掉這一切。
你來了真好，因為那裡好冷，
而他只躺在一個塑膠睡袋裡，
他，我指的是那個倒楣鬼。
我會燒星期四，洗茶，
我們的名字再尋常不過了——

不讀

書店賣普魯斯特[1]的書
不附贈遙控器，
你無法將頻道轉換到
足球賽
或益智問答節目，以贏得一台富豪汽車。

我們的壽命變長，
精確度卻減少
句子也變得更短。

我們旅行得更快，更遠，更頻繁，
帶回的不是回憶而是投影片。

這張是我和某個傢伙。
那張是我的前夫吧。
這裡大家都沒穿衣服
所以想必是在海濱某個地方。

七大冊——饒命呀。
難道不能概述，簡化
或者最好用圖解的方式嗎。
看過一套題為《玩偶》的系列小說，
但我嫂嫂說是另一個姓氏以「普」開頭的人寫的。

順便問問，他到底是誰啊。
他大概臥床寫作多年吧。
一頁一頁，
以受限的慢速。

但我們以五檔極速前行，

而且——阿彌陀佛——還挺健康的。

❶普魯斯特（Marcel Proust, 1871-1922），法國小說家，著有長達七卷，厚四千餘頁的名作《追憶似水年華》（*À la recherche du temps perdu*）。詩中「另一個姓氏以『普』開頭的人」應指波蘭小說家波列斯拉夫．普魯斯（Bolesław Prus, 1874-1912），其長篇小說《玩偶》（*Lalka*）於一八八七至八九年間以連載方式發表，一八九〇年結集出版。

憑記憶畫出的畫像

一切似乎都吻合。
頭型，五官，身高，輪廓。
然而卻無相似之處。
也許不是那樣的姿勢？
色調不同？
也許身子應該再側一點，
好像注視著什麼？
手裡拿個東西如何？
自己的書？別人的書？
地圖？放大鏡？釣線輪？
還是他該換穿別的衣服？
九月戰役❶的軍裝？集中營的囚服？

那個衣櫃裡的風衣？
或者——彷彿走向對岸——
腳踝，膝蓋，腰，脖子，
已然淹沒？光著身子？
如果加個背景呢？
譬如未修整的草地？
燈芯草？樺樹？多雲的美麗天空？
也許他身邊少了個人？
跟他爭吵？說笑？
玩牌？飲酒？
家人？朋友？
數名女子？ 名？
他或許正站在窗邊？
正走出家門？
腳邊有隻流浪狗？

還是擠身人群之中？
不對，不對，全搞錯了。
他應該隻身一人，
有些人是適合那樣的。
不對，不對，全搞錯了。
他應該隻身一人，
有些人是適合那樣的。
也許沒那麼親密，那麼近距離？
遠一點？再更遠一點？
在畫面的最深遠處？
即便他喊叫
聲音也傳不到的地方？
那麼前景該畫什麼呢？
喔，什麼都行。
只要是一隻

剛好飛過的鳥。

❶「九月戰役」，一九三九年九月波蘭抵抗德國入侵之保衛戰，以失敗告終。

夢

無須地質學家的專業知識和技能，
對磁鐵、曲線圖表和地圖嗤之以鼻——
夢在剎那間
將群山堆放我們面前，
和現實一樣穩固。

有了群山，然後是山谷，
基礎建設完善的平原。
無須工程師，承包商，工人，
挖土機，推土機，建材供應——
狂暴的公路，速成的橋梁，
立即冒出的人口稠密的城市。

無須導演，擴音器，和攝影師——
群眾完全明白何時該嚇唬我們，
何時該消失。

無須技術嫻熟的建築師，
無須木匠，砌磚匠，泥水匠——
小徑上突如其來一間玩具似的屋子，
屋內有迴盪著我們腳步聲的巨大客廳，
以及堅固的空氣牆。

不但講究氣派而且力求優雅——
特別訂製的錶，一整隻的蒼蠅，
鋪著繡花桌布的餐桌，
一顆齒印斑斑被咬過的蘋果。

而我們——不像馬戲班雜技演員，
魔法師，巫師和催眠師——
我們無羽毛就能飛翔，
用眼睛點亮黑暗的隧道，
以未知的語言滔滔不絕交談，
不僅與任何人，而且與死人。

另有額外好禮——儘管享有自由，
可多方擇稱心合意之物，
我們被雲雨之情所
迷，深陷綺境——
在鬧鐘鈴響之前。

他們能告訴我們什麼，解夢之書的作者，

研究夢的符碼和徵兆的學者，
備有心理分析躺椅的醫生——
若有任何共識，
純屬偶然，
只基於一個理由：
在我們作夢之際，
在它們陰暗與閃爍之際，
在它們並聯多樣、不可思議之際，
在它們任意行動又四向擴張之際，
有時即便一個清楚的意思
也可能悄悄流失。

驛馬車上

我的想像力判處我踏上這趟旅程。
驛馬車車頂上的箱子和包裹濕透了。
車內擁擠不堪，喧鬧，窒悶。
有一個滿身是汗的矮胖主婦，
一個抽著菸斗，帶著一隻死野兔的獵人，
緊抱著一罈酒，打著鼾的修道院長，
一個抱著哭紅了臉的嬰孩的保母，
一個不停打嗝的微醺商人，
一個因上述原因惱怒的女士，
此外，還有一個拿著小喇叭的男孩，
一隻被蝨子叮咬的大狗，
和一隻關在籠子裡的鸚鵡。

還有那個我因他而搭上車的人，
幾乎淹沒於其他人的包裹當中，
但他在那裡，他名叫尤利烏什．斯沃瓦茨基❶。

他顯然一點都不熱衷交談。
他自皺巴巴的信封拿出一封信，
他一定看過很多遍了，
因為信紙邊緣有磨損的痕跡。
一朵乾掉的紫羅蘭自紙頁間掉落
啊！我倆同聲嘆息，飛快將之接住。

或許我該趁此大好時機告訴他
久藏於我心中的想法。
抱歉，先生，這事既急迫又重要。

我來自未來，我知道後來的發展。
你的詩將廣受喜愛和賞識，
你將與君王們同葬於瓦維爾城堡。

可惜，我的想像功力不足以
讓他聽到或起碼看到我。
他甚至未察覺我拉他的衣袖。
他平靜地將紫羅蘭輕放回紙頁間，
將信紙裝入信封，再放進行李箱內，
他看了一眼雨痕斑斑的窗戶，
起身，扣上斗篷，擠到門邊，
然後呢——在下一站下車。

我盯著他看了好幾分鐘。
他帶著他那個行李箱離去，身形瘦小，

直往前行，低垂著頭，
彷彿知道自己是個
無人等候的人。

眼前如今只剩臨時演員。
撐著雨傘的大家族。
拿著哨子的班長，跟在身後氣喘吁吁的新兵們，
滿載豬仔的馬車，
以及兩匹精力充沛等待上套的馬。

❶尤利烏什·斯沃瓦茨基（Juliusz Słowacki, 1809-1849），波蘭最偉大的浪漫主義詩人。

艾拉❶在天堂

她向上帝祈禱，
全心全意地祈禱
讓她變成一個
快樂的白種女孩。
如果這樣的改變已來不及，
那麼至少，噢上帝，瞧我有多重，
起碼讓我體重減半吧。
但仁慈的上帝回答：不行！
祂只是把祂的一隻手放在她心上，
察看她的喉嚨，摸摸她的頭。
而這一切完畢後，祂說：
你的到來，讓我心喜，

我的黑鬆弛劑，歌唱的圓木頭。

❶此詩中的艾拉，為著名美國黑人女歌子艾拉・費茲潔拉（Ella Fitzgerald, 1917-1996）。

維梅爾

只要阿姆斯特丹國家美術館畫裡
那位靜默而專注的女子
日復一日把牛奶從瓶子
倒進碗裡
這世界就不該有
世界末日。

形上學

存在過，消失了。
存在過，所以消失了。
依循始終如一的不可逆的順序，
因為這就是結局已定的比賽規則。
老掉牙的結論，本不值得一寫，
若非那是確鑿的事實，
恆久不變的事實，
放諸宇宙皆準，現在和未來：
某個事物在結束前
的確存在，
連你
今天吃過豬油渣麵一事也是。

冒號

（2005）

缺席

差一點點，
我母親可能就嫁給
來自茲敦斯卡．沃拉的茲比格涅夫．B先生。
他們若有個女兒——不會是我。
也許比較會記名字和臉孔，
任何旋律一聽不忘。
擅長分辨鳥類。
化學和物理成績優異，
波蘭文較差，
卻偷偷寫詩，
一出手就比我的詩迷人許多。

差一點點，

我父親可能就在同一時間娶了
來自扎科帕內的雅德維加·R小姐。
他們若有個女兒——也不會是我。
也許會比較頑固地堅持立場。
一無所懼地跳進深水中。
容易為集體情緒所感染。
在一些場合總可以立刻看到她，
但鮮少帶著書本，更常在操場上
和男生一起踢球。

她們甚至可能相遇於
同一所學校，同一個班級。
但志趣並不相投，
不同類，

班級照裡隔得遠遠的。

站過來，女孩們
——攝影師會這麼喊——
矮的在前，高的在後。
我說笑一個時就開心地笑。
再清查一次人數，
都到了嗎？

——是的，全員到齊。

公路事故

他們仍不知道
半小時前
公路上發生了什麼事。

他們的手錶上
就那樣的時間，
下午，星期四，九月。

有人在吃通心麵。
有人在掃落葉。
尖叫的孩童繞著餐桌跑。
某人的貓俯身接受撫摸。

有人在哭——
像每回在電視前，看到
壞狄亞哥背棄朱安妮塔時那樣。
有人敲門——
沒事，是鄰居來還煎鍋。
公寓很裡面電話鈴響——
只是最近的推銷廣告。

若有人站在窗口
望向天空，
他可能會看到自車禍現場
飄來的雲朵。
雖已碎爛零散，
對它們卻稀鬆平常。

第二天——我們不在了

早晨預計涼爽多霧。
雨雲
會從西邊移入。
能見度差。
道路濕滑。

在白天，逐漸地，
受北方高壓鋒面影響
本地陽光有露臉機會。
但由於時有強風和陣風，
可能會出現暴雨。

晚間
全國各地天氣清朗，
只有東南部
有些微降雨機率。
氣溫明顯下降，
氣壓上升。

第二天
可望豔陽高照，
但還活著的人
仍該隨身攜帶雨具。

事件

天空，大地，早晨，
八點十五分。
熱帶草原上發黃的草叢
平和寧靜。
遠處一棵黑檀木
樹葉常綠
樹根蔓生。

幸福的寂靜突來一陣喧鬧。
想共同生活的兩個生物突然拆夥。
一頭羚羊瘋狂奔逃，
一頭氣喘吁吁的餓母獅緊跟在後。

目前雙方機會均等。
逃命的一方也許略佔優勢。
要不是樹根
自地底突出，
要不是四蹄中
有一蹄被絆住，
要不是轉瞬之間
亂了節奏，
讓母獅一個大步
逮到機會——

若問誰之過，
沒什麼，就保持緘默吧。
無罪的天空——*circulus coelestis*。
無罪的 *terra nutrix*——大地保母。

無罪的 *tempus fugitivum*——時間。
無罪的 *gazella dorcas*——羚羊。
無罪的 *leo massaicus*——母獅。
無罪的 *diospyros mespiliformis*——黑檀木。
在此情況下，透過雙筒望遠鏡
觀看此景者是
homo sapiens innocens——無罪的人類。

與阿特洛波斯的訪談

阿特洛波斯女士嗎？

是的，我就是。

在三個命運女神❶中
你在人間的名聲最差。

太言過其實了，親愛的詩人。
克羅托紡織生命之線，
但那線太纖細，
很容易斷。
拉琪西絲用她的桿子決定長度。

她們絕非無辜者。

但手持利剪的是你啊。

是我沒錯，但我物盡其用。

即便此刻在與你交談時我看得出你是……

我是工作狂，天生如此。

你不覺疲倦、厭煩或昏昏欲睡嗎，
至少在晚上？不會，真的不會嗎？
沒有休假，週末，例假日，
連抽菸的空檔都沒有？

這樣會讓進度落後，我不喜歡。

難以理解的狂熱。
沒得過什麼讚揚，
獎賞，獎牌，獎杯，勳章？
或加框的證書？

像掛在美髮院的那種？不用了，謝謝。

有幫手嗎？若有的話，是誰？

說來有點矛盾——正是你們凡人。
各種獨裁者，數不清的狂熱分子。
他們不用我催促。
他們迫不及待投入工作。

戰爭一定讓你很開心，
因為給了你諸多助力。

開心？我不知道那是什麼感覺。
我沒叫它們來，
也沒掌控它們的方向。
但我必須承認：多虧了它們，
我才能跟上潮流。

你把線剪短，不覺得抱歉嗎？
短了一些些，短了許多——
只有你們覺得有差別。

如果有更強的人要弄走你，
要你退休呢？

我沒聽懂。請你說清楚些。

讓我換個說法：你有上級長官嗎？

……請說下一個問題。

沒有別的問題了。

那麼，我告辭了。

或者該更精確地說……

我知道，我知道。再見。

❶命運三女神（或命運三姊妹）：克羅托（Clotho）負責紡織人類壽命的紗線，拉琪西絲（Lachesis）負責分配紗線的長短，阿特洛波斯（Atropos）則在人類壽終時拿剪刀剪斷壽命的紗線，是死神的分身，因為她取走人的生命。

希臘雕像

有人類和其他自然力的幫助
時間在此事表現不俗。
它先取走鼻子，然後生殖器，
接著一根又一根腳趾和手指，
若干年後一隻手臂再另一隻，
左大腿，右大腿，
肩膀，髖部，頭，屁股，
所有剝離的從此成為碎片，
成為粗石，瓦礫，沙子。

活人如果以此方式死去，
每一擊都會湧出大量的血。

大理石雕像死了依然白，
但不一定全白。

討論中的案例只有軀幹還在，
彷彿盡力保住的一口氣，
因為從此它得
為自己
找回
遺失了的部位的
優雅和莊嚴。

它做到了，
目前為止做到了，
做到了，表現亮眼，

亮眼且會持續——

時間同樣值得嘉許，
因為它提早收工，
留一些以後再做。

迷宮

——而現在只幾步遠
在牆與牆之間，
沿這些階梯而上
或那些階梯而下，
接著往左稍移，
如果不是往右，
從牆裡面的牆
直到第七個門檻，
從任一處到任一處
一直到交叉路口，
諸路在此交會
為了再次分離：

你的希望，錯誤，失敗，
努力，計畫和新希望。

一條路接一條路，
但卻沒有退路。
可以走的唯有
在你前面的路，
那兒，彷彿給你安慰，
一個彎角接一個彎角，
驚奇後還有驚奇，
景色後還有景色。
你可以選擇
在哪裡或不在哪裡，
跳過，繞道，
但不可以視而不見。

所以走這邊或這邊，
不然就那一邊，
憑直覺，憑預感，
憑理智，憑運氣
隨便選一條捷徑，
纏繞交錯的小路。
通過一排又一排的
長廊，一扇又一扇的門，
速度要快，因為此刻
你的時間已不多，
從一地到一地，
到依然開放的許多地方，
那兒雖有黑暗和困惑
卻也有隙縫和狂喜，

那兒有幸福，雖然辛苦
只一步之隔，
而在某處，此處彼處，
此方彼方，任何地方，
快樂總被不快樂包圍
一如括弧嵌在括弧內，
而認清這一切之後，
一座懸崖驟現，
懸崖，但有條小橋，
小橋，卻搖搖晃晃，
搖晃，但僅此一條，
因為別無他條。

某處一定有個出口，
對此我全不懷疑。

但不用你去尋找，
它自己會來找你，
它一開始就
悄悄跟蹤你，
而這座迷宮
只為你一人，為你
一人打造，只要你能，
就屬於你，只要是你的，
逃離，逃離——

事實上每一首詩

事實上每一首詩
或可稱為「瞬間」。

只要一個詞組就夠了，
以現在式，
過去式，甚至未來式；

這樣就夠了，文字所承載的
事物
會開始抖擻，發光，
飛翔，流動，
看似

固定不變
卻有著變化有致的影子；

這樣就夠了，有提到
某人旁邊的某人
或某物旁邊的某人；

有提到養貓的或
不再養貓的阿莉；

或其他的阿莉
貓或非貓
出自被風翻動的
其他初級讀本；

這樣就夠了，如果在視線之內
有個作者擺上暫時的山丘
和臨時的山谷；

如果此際
他隱約呈示一座
似乎永恆且堅實的天堂；

如果在書寫之手下方出現，
也許，一樣名之為
某人風格的東西；

如果以白紙黑字，
或者至少在腦中，
基於嚴肅或無聊的理由，

放上問號，
且如果答之以——
冒號：

瞬間

（2002）

話筒

我夢見我醒來，
因為電話鈴聲。

我夢見確然
是死人打來電話。

我夢見我伸手
去拿話筒。

而話筒卻
與以往有別，
它變重了，

彷彿黏住什麼東西，
牢植進什麼東西裡頭，
且以根鬚將其緊緊纏住。
我必須用力將它連同整個地球
拔出來。

我夢見我徒勞的
努力。

我夢見寂靜，
因為鈴聲停了。

我夢見我睡著
又再度醒來。

回想

大伙兒天南地北聊著
忽然間停了下來，
一個正妹走到露台上來，
好正，
太正了，
壞了我們出來玩的心情。

芭夏兒驚慌地看了她先生一眼。
克里斯蒂娜本能地伸手
握住茲比謝克的手。
我想著：要打電話給你，
告訴你現在先不要來，

天氣預報這幾天都會下雨。
只有寡婦阿格妮葉希卡
以笑臉迎接這位正妹。

初戀

他們說
初戀最重要。
非常浪漫，
但於我並不然。

有什麼東西在我們之間，又好像沒有。
有什麼東西來了，又走了。

我的手沒有發抖
當我湊巧翻到那些小紀念品，
一捆信用繩子綁著
——沒有用什麼絲帶。

多年後僅有的一次碰面：
兩張椅子隔著一張
冷桌子談話。

其他戀情
在我體內氣息長在，
這個呢，連嘆個氣都困難。

然而正因為如此，
其他戀情做不到的，它做到了：
不被懷念，
甚至不在夢裡相見，
它讓我初識死亡。

小談靈魂

我們間歇性地擁有靈魂，
沒有人能永遠且
不停地擁有它。

日復一日，
年復一年，
少了它似乎也行。

有時，只有在童年的
歡喜或恐懼中，
它才會駐留久些。
有時，只在驚覺

我們已老時。

它很少伸出援手，當我們
從事費勁的工作——
譬如搬家具，
或者抬行李，
或者腳穿緊鞋長途跋涉。

每要填表格
或切肉時，
它總是休假外出。

我們一千回的交談，
它只加入一回，
且不一定發聲，

因為它偏愛沉默。

當我們身體疼痛開始加劇，
它便偷溜下班。

它很挑剔：
不喜歡看我們周旋於人群中，
厭惡我們極力為自己謀利益，
嘰嘰嘎嘎一堆生意經。

喜與悲
於它並非兩種不同感受。
當它們合而為一時，
它才會與我們同在。

我們可以倚靠它，
當我們無一不疑，
當我們對萬事好奇。

所有物品中
它最愛有鐘擺的鐘
以及鏡子——即使無人在看，
它們照樣認真工作。

它沒說它從何處來，
何時又將翩然離去，
但顯然等著這些問題。

看來——
一如我們需要它，

它似乎也因為什麼東西，
需要我們。

結束與開始

（1993）

悲哀的計算

我認識的人當中有多少
（如果我當真認識）
男人，女人
（如果此種區分依然管用）
已然跨過那道門檻
（如果它是門檻）
經過那座橋
（如果可稱之為橋）——

有多少人，經歷或短或長的人生
（如果他們仍覺其中有別），
幸福，因為已開始，

不幸，因為已結束，
（除非他們偏要反過來說）
發現自己置身彼岸
（如果真的置身
而且確有彼岸）——

我不確知
他們未來命運如何
（如果真有共同的命運
且可稱之為命運）——

一切
（如果我不對這個詞設限）
已成他們身後事
（如果不叫身前事）——

他們當中有多少人躍離疾馳的時間
並且——更淒慘地——消逝於遠方
（如果還相信有所謂遠方）

有多少人
（如果這問題成立，
如果不把自己算進去
也能得出總數）
已沉入那最深沉的睡眠
（如果沒有比這更深沉的）——

再見。
明天見。
下次見。

他們不想
（如果他們不想）再說這些了。
他們把自己交給無盡的
（如果沒別的）沉默。
他們只忙著那些
（如果就只那些）
他們的缺席要求他們做的。

無人公寓裡的貓

死亡——不可以這樣對待一隻貓。
因為一隻貓又能在一間無人的公寓
做出什麼事情呢？
攀爬牆壁？
在家具上摩擦身體？
這裡好像沒什麼不同，
卻又全都變了樣。
沒有東西被搬動過，
卻變得較寬敞。
而且到了晚上燈都不亮了。

樓梯上有腳步聲，

是從前沒聽過的。
將魚放到小碟子上的手
也不一樣了。

某件事開始的時刻
和往常不同。
某件不該發生的事
卻發生了。
有個人一直，　直在那裡，
然後突然消失無蹤，
完完全全地不見了。

每一個櫥櫃都被檢視過，
所有的架子都被翻遍，
開挖地毯底下，一無所獲。

還打破一道禁令：
文件隨處亂扔。
接下來可做的事
只剩下睡覺和等待。

就等他現身了。
就讓他露臉吧。
他會因此得到教訓
知道不該如此對待貓吧？
它悄悄走向他
好似心不甘情不願，
十分緩慢地
移動顯然受到委屈的爪子，
至少沒有使出跳躍或尖叫的絕招。

橋上的人們

（1986）

奇蹟市集

司空見慣的奇蹟：
發生了好多常見的奇蹟。

經常性的奇蹟：
一些看不見的狗
在深夜吠叫。

眾多奇蹟中的一樁：
一朵小巧輕盈的雲
搶盡碩大月亮的風頭。

數樁合一的奇蹟：

一株赤楊倒映水中，
左右顛倒，
自頂端向根部生長，
卻怎麼也搆不到底
雖然水很淺。

稀鬆平常的奇蹟：
暴雨來襲
風由弱轉中轉劇。

首當其衝的奇蹟：
母牛還會是母牛。

居後但不容小覷的奇蹟：
從這麼一個櫻桃核

長成的這座櫻桃園。

脫掉了禮帽和燕尾服的奇蹟：
拍動翅膀的白鴿群。

一樁奇蹟（除此稱謂別無它名）：
今天太陽在清晨三點十四分升起
將於今晚八點一分落下。

對我們起不了作用的奇蹟：
手指頭確實少於六根
卻又比四根多。

一樁奇蹟啊，環顧四周便知：
無法逃脫的地球。

再補充一樁奇蹟，額外又普通的：
所有難以想像的
都變成可以想像的。

巨大的數目

（1976）

老歌手

「今天他這樣唱：特啊拉拉　特啊　拉。
但是我以前是這樣唱：特啊拉拉　特啊　拉。
你聽得出哪裡不同嗎？
而且他不該站在這裡，而要站在這裡
注視這方向，不是這方向，
雖然她從那裡飛奔而來，
但不是從那裡，也不是像今天這樣拉姆帕　帕姆帕　帕姆，
而是單純的拉姆帕　帕姆帕　帕姆，
讓人難忘的楚貝克．澎波涅利，
只是
現在誰還記得他——」

頌揚自我貶抑

禿鷹從不認為自己該受到懲罰。
黑豹不會懂得良心譴責的含意。
食人魚從不懷疑它們攻擊的正當性。
響尾蛇毫無保留地認同自己。

胡狼不知自責為何物。
蝗蟲，鱷魚，旋毛蟲，馬蠅
我行我素目怡然自得。

食人鯨的心臟也許重達百斤，
和其他部位相比卻算輕盈。

在這太陽系的第三顆行星上
諸多獸性的徵兆當中，
無愧的良知排行第一。

烏托邦

一個一切都清晰明白的島嶼。

在這裡，你可以站在證據的堅實立場上。

唯一的道路是抵達之路。

樹叢被諸多答案的重量壓得發出呻吟。

這裡種有「臆測精準」之樹，
它的枝椏自遠古時期就不曾糾結。

「理解」之樹，筆直素樸卻十分耀眼，

在水泉邊發芽，名之為「啊，原來如此！」

越進入森林密處，越遼闊地開展著
「顯而易見之谷」。

一旦有任何懷疑，會立即被風吹散。

回音阻撓喧囂聲被喚回，
熱切地解說世界的祕密。

右邊是「理性」所在的洞穴。

左邊是「深刻信念」之湖。
真理自湖底竄出，輕輕浮上水面

山谷上方豎立著「無法動搖的肯定」。
從它的峰頂可俯瞰「事物的本質」。

縱有諸多迷人之處，這島並無人居住，
沙灘上零星的模糊足印
都無例外地朝向海的方向。

彷彿在此地，你只能離去，
沒入深海永不回頭。

沒入高深莫測的人生。

可能

（1972）

復活者走動了

教授死過三次。
第一次死後，他們叫他動動頭。
第二次，他們叫他坐起來。
第三次，他們甚至讓他站起身來，
由一個粗壯結實的保母撐扶著：
我們去散步一下吧。

意外事故後腦部重創，
瞧他克服重重困難，堪稱奇蹟：
左右，明暗，樹草，痛吃。

二加二多少，教授？

二，教授說。

這次回答比先前有進步。

痛，草，坐，長椅。

她又在小徑盡頭，和世界一樣老，

落落寡歡，面乏血色，

被趕走過三次，

真正的保母，他們說。

教授渴望和她一塊。

又一次奮力想脫身而去。

一群人的快照

在這張一群人的快照裡，
我的頭從邊上算來是第七個，
也可能是左邊算來第四個，
或者底下算來第二十個；

我不知道我的頭是哪一個，
它已不和肩膀連在一塊，
就像其他的頭（反之亦然），
分不清是男是女；

它所代表的意涵
不具任何意義，

而「時代精神」充其量
只可能給予片匆匆一瞥；

我的頭成了統計數值的一部分，
冷靜地，球狀地
消耗其鋼材與電纜。

不因可被預測感到羞恥，
不因可被取代而難過；

我彷彿未曾擁有過它，
以自己獨特的方式；

它彷彿是被開挖出的墳場裡

眾多無名屍裡的一個頭骨，
保持得相當完好，讓人忘了
它的主人已不在人世；

它彷彿早就在那裡，
我的頭，任何人，每個人的頭——

它的回憶，如果有的話，
一定是延伸到未來。

從容的快板

生活啊，你很美麗
你如此多產豐饒，
比青蛙還青蛙，比夜鶯還夜鶯，
比蟻丘還蟻丘，比新芽還新芽。

我試圖博取生活的青睞，
贏得它的寵愛，
迎合它的奇想。
我總是率先向它哈腰鞠躬，
我總是出現在它看得見我的地方，
帶著謙卑，虔敬的表情，

乘著狂喜的羽翼翱翔，
臣服於驚異的浪花。

啊，這蚱蜢像草一般翠綠，
這漿果成熟得快要爆開。
我如果沒有被生出，
就不可能對之有所感受！

生活啊，我不知道可將你比做什麼。
無人能夠製造松果
而後又造出其複製品。

我讚美你的創造力，
寬宏的氣度，廣闊，精確，
秩序感——那些近乎

魔法與巫術的天賦。

我只是不想讓你煩亂，
嘲笑或生氣，惱怒或焦躁。
數千年來，我始終試圖
用我的微笑安撫你。

我緊拉著生活的葉緣：
它願否為我停下來，僅此一次，
暫時忘卻
它不斷奔跑的終點站。

幸福的愛情

幸福的愛情。是正常的嗎？
是嚴肅的嗎？是有益的嗎？
兩個存活於自己世界的人
會帶給世界什麼好處？

互抬身價，卻無顯赫功績，
自百萬人中純屬偶然地被挑出，卻深信
此為必然結果——憑什麼獲賞？什麼也沒有。
那道光不曉得打哪兒照下來。
為何只照在這兩個人，而非其他人身上？
這是否有違正義？的確如此。
這豈不瓦解了我們辛苦建立的原則，

將道德白峰頂丟落？是的，兩者皆是。

請看看那對幸福的戀人。
他們難道不能至少試著掩飾一下，
看在朋友的分上假裝有點難過！
你聽他們的笑聲——真是刺耳。
他們使用的語言——清楚得讓人起疑。
還有他們的慶典，儀式，
精心安排互相配合的例行工作——
這分明是在人類背後搞鬼！

你甚至難以預測事情會如何演變，
如果大家起而效之。
宗教和詩歌還能指望什麼？
什麼會被記住？什麼會被揚棄？

誰還想自我設限？

幸福的愛情。真有必要嗎？
智慧和常識告誡我們要對之閉口不談，
當它是刊登於《時代雜誌》的一樁上流社會醜聞。
不靠真愛也能生出天使般純真的孩童。
它絕不可能長久住在這星球上，
因為它鮮少到訪。

就讓那些從未找到幸福愛情的人
不斷去說世上沒這種東西。

這信念會讓他們活得較輕鬆死得較無憾。

一百個笑聲

（1967）

火車站

我的缺席
準時抵達N城。

我在一封未寄的信裡
預先告知你。

你果然沒有
如期現身。

火車停靠第三月台。
許多人下車。

我的缺席跟著人群
朝出口走去。

幾個女子行色匆匆，
在熙攘人群中
取代了我。

有人跑向其中一名女子。
我不認識他，
但她即刻
認出了他。

他們接吻，
非以我們的唇，
有個行李箱不見了，

不是我的。

N城的火車站
成功通過
客觀存在之考驗。

整體屹立不移，
個例則沿指定軌道
疾行。

即便一場約會
也早已排定。

我們的在場
無能左右之。

在機遇的
失樂園中。

他方。
他方。
這些語字多響亮。

砍頭

「袒胸露肩裝」❶一詞來自 decollo，
decollo 的意思是我砍斷脖子。
蘇格蘭皇后瑪麗·史都華
穿著得體的連身衣裙走上斷頭台。
她的衣衫袒胸露肩
紅似噴濺的鮮血。

同一時刻
在僻靜的寢宮裡
伊莉莎白·都鐸，英格蘭皇后，
一身白衣站在窗邊，
以勝利者之姿將衣領扣至下顎，

最後戴上漿過的縐領襞襟。

她們想法一致：

「主啊，請憐憫我」

「真理與我同在」

「活著就是要擋別人的路」

「在某些情況貓頭鷹是麵包師的女兒」

「這件事永不會完結」

「這件事已結束了」

「我在這裡幹嘛？這裡什麼都沒有」

差別在於衣服——是的，這點我們可以確定。

而細節

是永遠不變的。

[1]「袒胸露肩裝」一詞，波蘭文 dekolt，法文 décolletage，其字源為拉丁文 decollo，砍頭之意。「在某些情況貓頭鷹是麵包師的女兒」一句，出自莎士比亞《哈姆雷特》第四幕第五景奧菲莉亞的台詞：「他們說貓頭鷹是麵包師的女兒。」

來自醫院的報告

我們抽籤，決定誰去看他。
結果是我。我自餐桌起身。
探病的時間就要到了。

我問候他，他一語不發。
我想握他的手——他抽了回去，
像隻飢餓的狗咬著骨頭不放。

他似乎對自己將死感到羞愧。
對這樣的人你能說些什麼？
像一張合成的照片，我們四目未曾交接。

他沒叫我留下，也沒請我離開。
他未問起餐桌上的任何人。
沒問起你，波列克。或是你，托列克。或是你，羅列克。

我開始頭疼。是誰為誰而死？
我讚美現代醫學，和花瓶裡的三朵紫羅蘭。
我談著太陽，想著陰暗的念頭。

真好，有階梯讓你跑下。
真好，有大門讓你出去。
真好，你們全都在餐桌等我。

醫院的氣味讓我反胃。

眼鏡猴

我是眼鏡猴，眼鏡猴的兒子，
眼鏡猴的孫子和曾孫，
一隻很小的動物，由兩個瞳孔
和一些不可或缺的東西組成；
奇蹟般逃過進一步被加工的命運——
因為我成不了餐桌上的美味，
我的外皮太小做不成毛皮衣領，
我的腺體無法提供幸福感，
沒有我的腸管，音樂會照樣進行——
我，一隻眼鏡猴，
蹲坐人類手指上好端端地過日子。

早安，主人，
無須從我身上剝取任何東西，
你該因此送我什麼？
彰顯了你的寬宏大度，你要如何酬謝我？
為了博君一粲我搔首弄姿，
對於無價之寶的我，你如何估價？

偉大和藹的主人——
偉大仁慈的主人——
如果沒有動物死得冤枉，
有誰能證明此事？
有可能是你們自己嗎？
唉，以你們目前對自己的認知，
只能一夜無眠看星星起落。

只有我們這些極少數動物尚未被
剝去毛皮，撕裂骨頭，拔除羽毛，
我們的骨骼，鱗片，角，獠牙
以及富含蛋白質的其他部位
都受到尊重，
我們是——偉大的主人啊——你的夢想，
能暫時赦免你的罪。

我是眼鏡猴，眼鏡猴的父親和祖父，
一隻很小的動物，幾乎只是某物的一半，
但仍是一個不亞於他物的完整之體，
我是如此輕盈，嫩枝就能將我托起。
要不是我必須一次又一次地
自那些，啊，多愁善感的心跌落，
以減輕其負擔，

我可能早就上天堂了。
我是眼鏡猴，
我知道成為眼鏡猴是多麼地重要。

鹽

（1962）

健美比賽

從頭皮到腳跟，所有肌肉都以慢動作展現。
他海洋般的軀幹滴著亮油。
光鮮登場使出蠻力把肌腱扭成
可怖的條狀酥餅者脫穎稱王。

在場上，他以灰熊之姿抓握，
一頭因虛擬而更致命的熊。
三隻隱形的獵豹在精心設計的
重擊之下輪番被擺平。

他踱步擺姿發出吼聲。
光是背部就有二十張不同的臉孔。

勝利時他高舉粗壯的拳頭
向維他命的功效致敬。

詩歌朗讀

當個拳擊手，要不然就根本
不要到場。啊繆斯，蜂擁而至的群眾在哪裡？
大廳裡有十二個人，還有八個空位——
這場藝文活動可以開始了。
有一半的人是因為躲雨才進來，
其餘都是親屬。噢，繆斯。

在場的女士們喜歡吶喊狂吼，
不過那只適合拳擊賽。在這兒她們得行為檢點。
但丁的地獄如今是台前的座位。
他的天堂亦然。噢，繆斯。

啊，當不成拳擊手而成了詩人，
一個被判終生苦學雪萊的人，
因為肌肉無力，只好向世界展示
或許有幸收入中學書單上的
十四行詩。噢，繆斯。
噢短尾天使，佩格薩斯❶。

在第一排，有位和藹的老人輕聲打鼾：
他夢見妻子又活了過來，並且
像往常一樣為他烘焙水果餡餅。
火光熊熊，但她小心翼翼——怕烤焦了他的餅！——
我們開始朗讀。噢，繆斯。

---

❶佩格薩斯（Pegasus），希臘神話中的神馬，是靈感的象徵。

水

一滴雨掉落在我手上，
凝縮自恆河和尼羅河，

自海豹鬚上朝天空上升的白霜，
自伊蘇❶和泰爾城內破甕裡的水。

在我食指上
裏海是開放的海，

太平洋溫馴地流入魯達瓦河，
那條河曾化身為一朵雲，飄過巴黎上空

在一千七百六十四年
五月七日凌晨三點時。

我們沒有足夠多的唇去說出
你轉瞬即逝的諸多名字，噢水啊。

我必須在瞬間以各種語言發出
所有母音方能為你命名，

同時得保持沉默——為了那座
等待命名而未果的湖泊，

那座湖不存在於世上——一如
投影其上的星辰不存在於天上。

有人即將溺斃，有人奄奄一息渴求你。
在很久以前，在昨天。

你幫許多房子滅火，沖走許多房子如
沖走樹木，沖走許多市鎮如沖走森林。

你在洗禮池裡，也在交際花的澡盆裡。
在吻裡，也在屍衣裡。

啃囓石頭，餵養彩虹，
是金字塔與丁香花的汗珠和露珠。

一滴雨多麼輕盈。
世界多麼輕柔地觸摸我。

無論何時何地發生的任何事
都記載在水的巴別塔上。

---

❶伊蘇（Ys），傳說中建於法國布列塔尼海邊的奇幻之城，後被海水淹沒。泰爾（Tyre），古代腓尼基一濱海之城。魯達瓦河（Rudawa），波蘭南部一小河流。

呼喚雪人

（1957）

不會發生兩次

同樣的事不會發生兩次。
因此，很遺憾的
我們未經演練便出生，
也將無機會排練死亡。

即便我們是這所世界學校裡
最魯鈍的學生，
也無法在寒暑假重修：
這門課只開授一次。

沒有任何一天會重複出現，
沒有兩個一模一樣的夜晚，

兩個完全相同的親吻，
兩個完全相同的眼神。

昨天，我身邊有個人
大聲喊出你的名字：
我覺得彷彿一朵玫瑰
自敞開的窗口拋入。

今天，雖然你和我在一起，
我把臉轉向牆壁．
玫瑰？玫瑰是什麼樣子？
是一朵花，還是一塊石頭？

你這可惡的時間，
為什麼把不必要的恐懼摻雜進來？

你存在——所以必須消逝，
你消逝——因而變得美麗。

我們微笑著擁抱，
試著尋求共識，
雖然我們很不一樣
如同兩滴純淨的水。

坦露

就在這裡，兩個裸露的戀人，
彼此賞心悅目——足矣。
唯一的遮蔽物是我們的睫毛，
我們躺在深深的夜中。

但它們早知道我們，它們知道，
那四個角落，第五個壁爐，
椅子上坐著的機靈的影子，
以及暗察一切的沉默的桌子。

而玻璃杯知道，沒喝完的
茶水為什麼變冷了。

史威夫特也深知，今夜
不要奢望有人會讀他的書。

而鳥呢？它們絕不會有幻覺：
昨天我看見它們在天空中
公開而大膽地寫著
我叫喚你的那個名字。

而樹呢？你可否告訴我它們
不知疲倦的細語什麼意思？
你說：風一定也知道。但
風究竟怎麼知道我們的？

一隻飛蛾，從窗戶飛進來，
鼓動著毛茸茸的翅膀

飛過來，飛過去，
在我們頭上不停哼哼響。

它敏銳的昆蟲的目光
也許比我們看到更多的東西？
我未曾察覺，你未曾想到，
我們的心在黑暗中灼灼發紅。

紀念

他們在榛樹叢中做愛
在一顆顆露珠的小太陽下，
他們的髮上沾滿
木屑碎枝草葉。

燕子的心啊
憐憫他們吧。

他們在湖邊跪下，
撥掉髮間的泥和葉，
魚群游到水邊，
銀河般閃閃發光。

燕子的心啊
憐憫他們吧。

霧氣從粼粼水波間
倒映的群樹升起。
噢燕子，讓此記憶
永遠銘刻。

噢燕子，雲朵聚成的荊棘，
大氣之錨，
改良版的伊卡魯斯，
著燕尾服的聖母升天，

噢燕子，書法家，

不受時間限制的秒針，
早期的鳥類哥德式建築，
天際的一隻斜眼，

噢燕子，帶刺的沉默，
充滿喜悅的喪章，
戀人們頭上的光環，
憐憫他們吧。

致友人

我們通曉地球到星辰
的廣袤空間，
卻在地面到頭骨之間
迷失了方向。

憂傷和眼淚隔著
銀河系與銀河系之間的距離。
在從虛假往真理的途中，
你凋萎，銳氣不再。

噴射機讓我們開心，
那些嵌在飛行與聲音之間的

寂靜的裂縫：
「世界紀錄啊！」全世界都歡呼。

然而我們看過更快速的起飛：
它們遲來的回音
在許多年之後
將我們自睡夢中擰醒。

外面傳來此起彼落的聲音：
「我們是清白的，」他們高喊。
我們趕緊開窗
探出頭去捕捉他們的叫聲。

但那些聲音隨即中斷。
我們觀看流星

彷彿一陣槍彈齊發之後
牆上的灰泥紛紛掉落。

清晨四點

白天與黑夜交接的那個小時。
輾轉與反側之間的那個小時。
年過三十之人的那個小時。

為公雞報曉而清掃乾淨的那個小時。
地球背叛我們的那個小時。
隱匿的星星送出涼風的那個小時。
我們會不會消失身後空無一物的那個小時。

空無的那個小時。
空洞。虛無。
所有其他小時的底座。

清晨四點沒有人感覺舒暢。
如果螞蟻在清晨四點感覺不錯，
——我們就給它們三聲歡呼。讓五點鐘到來吧
如果我們還得活下去。

自問集

（1954）

戀人們

我們如此安靜，仍可聽見
他們昨日的歌聲：
「你往高山，我走向河谷……」
我們聽見，卻不相信。

我們的微笑不是哀愁的面具，
我們的良善不是自我犧牲。
我們給非戀人們的同情
遠超過他們應得的。

我們對自己深感驚奇，
還有什麼能讓我們驚奇？

不是夜裡的彩虹，
不是雪中的蝴蝶。

我們入眠時
夢見我們分手。
但，是個好夢，
是個好夢，
因為我們自夢中醒來。

未出版作品

（1944-1948）

走出電影院

白色的帆布上閃爍著夢影，
像月亮的皮，發出兩小時微光。
那兒有憂傷的情歌，
快樂旅程的終點和花朵。

童話過後，世界是霧濛濛的藍。
電影院外的角色和面孔都未經預演。
士兵唱著忠黨的輓歌。
少女也奏起她憂傷的歌。

現實世界啊，我就要回到你身邊，
擁擠，黑暗，又難逃宿命——

你，大門下方的獨臂男孩，
你，年輕女孩的空洞眼神。

滑稽的情詩

我脖子上戴著一串珠子。
每一天都是快樂的日子，
被種種意想不到的
事情的叩擊撐起。

我只曉得一首歌的節拍，
一首如此柔美好聽的歌，
只要你有幸聽過它，
你就會跟著哼唱。

我不存在於我自身，
我只是某個元素的功能。

空氣中的一個符號。
或水面上一輪漣漪。

每一次你雙眼睜開，
我只取屬於我的東西。
我如實地留下
你的土，你的火。

足矣

（2012 死後出版詩集）

在機場

他們張開雙臂互相朝對方奔去，
大笑，大叫著：終於！終於！
兩個人都穿著厚重的冬裝，
厚厚的帽子，
圍巾，
手套，
靴子，
但只是在我們看來如此。
在他們彼此眼裡——一絲不掛。

手

二十七塊骨頭，
三十五塊肌肉，
五個指尖各約
兩千個神經細胞。
足以讓人
寫出《我的奮鬥》
或《小熊維尼的小屋》。

鏡子

是的，我記得在我們被
毀壞的鎮上的那堵牆。
它幾乎高達五樓。
一面鏡子懸於四樓處，
一面不可能的鏡子，
完好無損，堅定不移。

它沒有映現任何人的臉，
沒有整理頭髮的手，
沒有面對房間的門，
沒有任何你可以稱之為場所
的東西。

彷彿它正度假中——
鮮活的天空凝視其間，
忙碌的雲朵在浩瀚的碧空，
閃亮的雨水刷洗瓦礫堆的塵土，
翱翔的鳥群，星星，日出。

一如所有製作精良的器物，
它完美無瑕地行使職責，
伴同一位看盡驚奇事的行家。

給我的詩的詩

最好的情況——
我的詩啊，你會被仔細閱讀，
被討論，被記住。

差一點的情況：
讀過而已。

第三種可能——
雖然寫出來，
但旋即被扔進垃圾桶。

你還有第四種出路——

沒有化諸文字就消失了，
自言自語一番，自得其樂。

【附錄一】

我們在《這裡》——閱讀辛波絲卡生前最後一本詩集

陳黎・張芬齡

波蘭女詩人辛波絲卡（Wislawa Szymborska, 1923-2012）於一九九六年獲頒諾貝爾文學獎，瑞典學院給予她的授獎辭是：「通過精確的反諷將生物法則和歷史活動展示在人類現實的片段中」。評委會稱她為「詩界莫札特」，一位將語言的優雅融入「貝多芬式的憤怒」，以幽默來處理嚴肅話題的女性。她的詩作題材甚廣：大如死亡，政治或社會議題，小如微小的生物，常人忽視的物品，邊緣人物，日常習慣，被遺忘的感覺。她用字精鍊，詩風明朗，沉潛之中頗具張力，她敏於觀察，往往能從獨特的角度觀照平凡事物，在簡單平易的語言中暗藏機鋒，傳遞耐人玩味的思想，以看似不經意的小隱喻為讀者開啟寬闊的想像空間，寓嚴肅於幽默、機智，堪稱以小搏大，舉重若輕的語言大師。

《這裡》一書出版於二〇〇九年，是辛波絲卡生前出版的最後一本詩集，收詩十九首（二〇一二年問世的《足矣》收詩十三首，是死後出版之作；我們中譯的這本二〇一〇年由美國 Houghton Mifflin Harcourt 公司出版的波蘭文與英譯雙語版詩集《這裡》，收詩二十七首，最後八首選自二〇〇五年詩集《冒號》）。雖有論者認為《這裡》一書未見驚人之作，謂讀此書似乎像重遊著名旅遊景點，未覺太多新魅力和神祕感，但絕大多數論者、讀者皆持正面評價，甚至以驚嘆語氣讚道：「為何她的詩總是越來越好？」在這本詩集裡，我們看到八十餘歲的辛波絲卡以其一貫精準、簡潔的語言，敏銳的觀察，生動的敘述方式，書寫所見所聞與所想所思。高齡詩人的想像力，幽默感和機智始終處於豐沛狀態，對世界依舊保持童真的好奇，犀利的嘲諷裡更增添幾許寬容的理解。讀這些詩，讓我們重溫辛波絲卡曾經帶給我們的驚喜與感動，的確是歡歡喜喜地到著名景點，進行了一趟內涵豐富的深度人生之旅。我們感受苦澀的人類經驗（譬如離婚，恐怖分子，認屍），我們探索夢境、回憶、微生物（有孔蟲）、迷宮、寫作靈感（點子）的本質與奧祕，我們在空間，也在時間旅行，我們見到了辛波絲卡喜歡的畫家維梅爾，黑人歌手艾拉·費茲潔拉，波蘭詩人尤利烏什·斯沃瓦茨基，我們看到辛波絲卡與青少年時期的自己對望、交談，我們聽見辛波絲卡與主宰死亡的命運女神對話……。每一首詩就是一個小宇宙，只要我們和老年的辛波絲卡一樣仍然對世界充滿好奇和想像，就可以在小宇宙發現「空間寬裕，可恣意妄為」的新天地。

*

在這本詩集的第一首詩——也是標題詩——〈這裡〉，辛波絲卡發表了她居住地球多年的感言：地球有哀愁，剪刀，小提琴，感性，電晶體，水壩，玩笑和茶杯，還有其他地方缺乏的畫作，陰極映像管，餃子和拭淚用的紙巾；地球各地息息相關，許多地方彼此相鄰（「這裡有無數周圍另有地方的地方」），每個人都是獨立個體，卻也彼此交融成更大的群體（「將自己的孩子加入別人的孩子中」）；無知的人類不斷為各種事件和現象「下結論，找原因」；人類會死亡是自然定律；幸好戰爭不是永無休止，有「中場休息」的時候，人類得以休養生息；人類可盡情作夢，因為進入夢境無須付費，幻想破滅時，才需付出傷心的代價，而向地球租用的身體就「以身體支付」，身體器官一一消耗殆盡之時，便是租賃關係結束之時；居住於自轉、公轉的地球上，如同免費搭乘行星旋轉木馬，安穩妥適，無虞風雨吹襲。在地球上居住了八十多年、經歷磨難和戰亂、看盡悲歡離合的辛波絲卡對地球毫無怨尤，反而以近乎童稚的天真想像和口吻述說居住地球的諸多好處，語帶感激和諒解。這或許是辛波絲卡熱愛生命的極致表現——情到深處無怨尤。

只要換個角度，地球上有太多美好的事物足以與其陰鬱或陰暗面抗衡，譬如一幅充滿生之氣息的賞心悅目畫作：「只要阿姆斯特丹國家美術館畫裡／那位靜默而專注的女子／日復一日把牛奶從瓶子／倒進碗裡／這世界就不該有／世界末日。」（〈維梅爾〉）。譬如對刺客或炸彈客這類危險人物的另類想像：撇開他們的職業不談，他們平常也禱告，洗腳，餵鳥，為小傷口止血，講電話，買衛生棉、眼影和花（如果是女性的話），開玩笑，喝柳橙汁，晚上不出任務時會看星空，聽輕音樂入眠，與一般人無異，也無害（〈恐怖分子〉），這樣的人為何會是殺人不眨眼的惡魔，其善良的人性何以向邪惡臣服，或許是辛波絲卡沒說出口的困惑。譬如一夜狂風來襲，樹葉落盡，只剩一片孤葉尚存，你不必感慨大自然趕盡殺絕的粗暴無情，該學習辛波絲卡，不僅將孤葉看成是大難過後倖存的活口，還能笑看無知的它，自得其樂在枝椏上搔首弄姿的滑稽模樣，並將此一景象解讀為暴力在人類面前展現的「小幽默」（〈例子〉）。譬如一心祈禱來世投胎成為白種女孩或身材苗條的黑人女歌手，殊不知她想改變的今生弱點，在上帝眼中卻是值得歡喜的「黑鬆弛劑，歌唱的圓木頭」（肥胖的身材外加黑人歌唱的天賦，讓艾拉成為療癒心靈的歌手艾拉）。我們應該感激仁慈的上帝否決了艾拉的願望，為人間的未來留下美好的音樂種子（〈艾拉在天堂〉）。

但辛波絲卡絕非天真爛漫的樂觀主義者，她對生命的本質有深切的體會。在〈迷宮〉一詩，她不厭其煩地為讀者解說迷宮的複雜設計以及破解迷宮的要領。整首詩有多處句子與句法大同小異，像是枝椏不斷岔出，抉擇無所不在，看似峰迴路轉，實則危機四伏：

一條路接一條路，
但卻沒有退路。
可以走的唯有
在你前面的路，
那兒，彷彿給你安慰，
一個彎角接一個彎角，
驚奇後還有驚奇，
景色後還有景色。
你可以選擇
在哪裡或不在哪裡，
跳過，繞道，
但不可以視而不見。

……

一座懸崖驟現，
懸崖，但有條小橋，
小橋，卻搖搖晃晃，
搖晃，但僅此一條，
因為別無他條……

迷宮，正是人生的隱喻：希望、錯誤、失敗、努力、計畫和希望會在某處交會而後分道揚鑣；人生沒有退路，因為無法重來；你可憑直覺、預感、理智、運氣做出選擇；幸福和辛苦只一步之隔，不快樂如影隨形地跟著快樂……。此詩道出了苦樂參半而苦又多於樂的人生本質，每個人都有自己專屬的迷宮，不假外求的迷宮出口。反覆讀之，發現此詩彷如一首安魂曲或連禱文，以節制——有時甚且近乎單調——的語言，讓我們在跟隨詩人遊歷其為我們打造的人生迷宮之樣本屋後，得以安心、耐心地面對、接納暗藏於迷宮角落的黑暗、困惑和狂喜。

*

對於創作者而言，「如何表達」和「表達什麼」同等重要。辛波絲卡似乎總是能自日常生活中找到出人意表的方式去呈現她的題材，傳達令人驚喜的意念。在〈離婚〉一詩，她不從當事人著手，反而從貓的、狗的、家具的、汽車的、鄰居的、等待被均分的書籍的角度切入，只在最後畫龍點睛式地觸及兩人的狀態。在〈不讀〉一詩，她嘲諷現代人幾乎都不閱讀了，一如旅行帶回的不是深刻的回憶，而是印象模糊的投影片。說話者是這個年代的典型代表，她希望像販售普魯斯特《追憶似水年華》的書店，可隨書附贈遙控器，讓她可隨時將閱讀頻道轉換到體育或有獎徵答的娛樂節目，她甚至希望可以概述或簡化或圖解長篇鉅作，還笑稱寫那麼多冊書的人八成是因為長年臥床，行動不便，除了書寫，無事可做吧！辛波絲卡感慨：「我們的壽命變長，／精確度卻減少／句子也變得更短。」短短數語道出現代人的通病——講求速度，思想空洞，生命的長度增加，厚度與深度卻變得短小輕薄。〈在熙攘的街上想到的〉有著頑童式的幽默。她在街上看到許多臉孔，發現有些人長得像阿基米德，凱薩琳女皇，法老王，野蠻的汪達爾人，蒙特祖馬，孔子，尼布甲尼撒，賽密拉米斯等歷史人物，居然認為這是怠工的大自然為了滿足地表上數十億人口的需求所想出的偷懶方法：自遺忘的鏡子打撈沉沒已久的臉孔，「把曾經用過的臉／放到我們臉上」。於是，每當發現某些人長得像某些人時，我們便會想起這首絕妙好詩，想起此刻大自然可能正在世界的某個角落打盹偷懶而發出會心微笑。在〈希臘雕像〉一詩，偷懶的時間反而對保存人類文化有所貢獻。通常雕像都經不起大自然（風吹日曬雨淋）的摧殘，隨著時間推移，各部位逐漸殘缺、剝離，最終化為砂礫。但詩中所提到的這尊大理石希臘雕像雖然年代久遠，日漸殘破，卻依然保有軀體，為僅餘的優雅和莊嚴而苦撐著，辛波絲卡說這得感謝時間「提早結束工作」。以此邏輯繼續推想，我們希望時間失憶，忘記尚待完成的工作，讓雕像逃過化為烏有的劫數。〈憑記憶畫出的畫像〉一詩的說話者用了三十多個問句企圖釐清這張「一切似乎吻合卻無相似之處」的畫像和真實人物究竟差異何在：姿勢？色調？穿著？場景？人際關係？生活作息？社交關係？內心想法？……這些自說自話的問題沒有任何答案，辛波絲卡用一句話破解：「那麼前景該畫什麼呢？／喔，什麼都行。／只要是一隻／剛好飛過的鳥。」即便融入所有考量，讓畫像變得更傳神，都只是模擬受限的人生，無法像隻飛鳥自由翱翔。

*

辛波絲卡擅用提問，對話，或戲劇獨白的手法切入主題，將抽象的概念具象化，生動又深刻地傳遞她想表達的訊息。譬如〈認領〉一詩以戲劇獨白的手法，講述一個女人的丈夫遭遇空難，她去認屍回來後與來訪朋友的談話。她拒絕相信那個屍肉焦黑的倒楣鬼與自己有任何關聯，一再強調那只是同名同姓的人，故作輕鬆、鎮定地說要去燒水泡茶，洗頭，然後睡一覺忘掉這件事。她找各種理由自欺欺人，自我安慰。但倒數第二行的口誤：「燒星期四，洗茶」，暴露出她內心隱忍的傷痛與焦慮不安，她拒絕承認，但心裡明白丈夫已死是難以逃避的殘酷現實。詩裡無任何悲傷的字眼，讀者卻對該女子的遭遇有著許多不捨。這種既深入又抽離的詩的張力，辛波絲卡拿捏得宜。在〈與阿特洛波斯的訪談〉一詩，辛波絲卡以輕鬆的氛圍觸及嚴肅的政治話題。她訪問命運三女神中負責剪短人類壽命紗線的阿特洛波斯（死神的分身），向她提出若干問題。在問答的過程中，我們發現人類之所以死亡人數眾多，不僅僅因為命運女神阿特洛波斯是個工作狂，還因為她在人間有許多自動自發的幫手——發動戰爭的各種獨裁者，數不清的狂熱分子。「多虧了他們，我才能跟上潮流」，暗示隨著武器的不斷精進，戰爭的死亡人數倍增。訪談最後，阿特洛波斯拒絕回答與退休相關的提問，還一派輕鬆地道別，這可讓我們一點也輕鬆不了。在〈點子〉一詩，辛波絲卡以擬人化和戲劇獨白的手法，描述寫作靈感的到訪與離去的過程。點子來找她，希望她能將之書寫成詩，而她有太多的顧慮：精練的短詩難寫，能力和才氣不足，難以完整呈現諸多特質……。最後點子只能嘆氣，消失無蹤。相信有寫作經驗的作家讀完此詩，必然會心一笑。在〈與回憶共處的艱辛時光〉，回憶被形塑成老愛舊事重提、翻舊帳而且操控慾極強的強勢女人，她逼你認錯，形同綁架地強迫你只能與她生活在上鎖的陰暗房間，你若提出分手，她會露出憐憫的微笑，因為她知道你若離開她，會飽受折磨——她已然成為你生活中不可或缺的一部分。辛波絲卡用這樣的關係影射籠罩於回憶陰影的人類的普遍困境：無論面對或逃離，都辛苦。

*

對於描寫的對象和想呈現的主題，辛波絲卡往往表現得若即若離，不帶強烈情緒，也不完全冷漠超然；即便深切關注，也必定巧妙地騰出距離。譬如在〈事件〉一詩，辛波絲卡以冷靜的旁觀者口吻，描述一則發生於熱帶草原即將演變成弱肉強食的血腥事件：母獅追獵羚羊，羚羊被樹根絆倒，由優勢轉居劣勢。我們接著會聯想到在「動物星球」頻道看到的羚羊被撕裂、吞噬的殘忍畫面，但辛波絲卡就此打住，話鋒一轉，要讀者不必扮演法官的角色去論斷誰是誰非，這本是大自然生態舞台上演的生活劇，所有的演出者（天空，大地，時間，羚羊，母獅，黑檀木），與透過望遠鏡觀看的人類都是無辜的。她列出若干拉丁文學名，就是刻意讓熟悉的事物「陌生化」，為習以為常的事物提供新的觀點。又譬如〈離婚〉一詩，前八行以簡短的片語，明快的節奏，言簡意賅地界定離婚，但在最後幾行卻大有玄機：「還有那本《正確拼寫指南》，裡頭／大概對兩個名字的用法略有指點——／依然用『和』連接呢／還是用句點分開。」共同生活多年的兩人離婚，物質層面的東西或可瀟灑地達成某種還算公平的協議，精神層面的東西就得費心思量一番了。離婚的兩人當真從此一拍兩散（「用句點分開」），還是仍潛藏剪不斷理還亂的情感牽絆（「依然用『和』連接」）？辛波絲卡留給讀者線索各自想像、解讀。〈公路事故〉是另一佳例。半個鐘頭前高速公路發生了一樁事故，不在現場、與發生事故者無關之人，或尚未獲得通知的親屬，繼續過著原本的生活，吃飯的吃飯，打掃的打掃，看電視的看電視，哭的哭，吵的吵，鬧的鬧……。唯一讓人聯想起車禍的或許是自車禍現場飄來的雲朵：「若有人站在窗口／望向天空，／他可能會看到自車禍現場／飄來的雲朵。／雖已碎爛零散，／對它們卻稀鬆平常。」「已碎爛零散」的雲朵，或許暗喻車禍現場肉體模糊的慘狀，或許暗喻渙散憔悴的心神狀態。無時無刻不俯瞰在地球上所上演的悲劇的雲朵，對此早已見怪不怪。比起因為無知才得以不受苦的人類，大自然「稀鬆平常」的冷靜、超然或冷漠，或許是一種值得人類羨慕的功力。

在處理死亡或憂傷的題材時，辛波絲卡很多時候是以大自然為師，以超然、抽離的眼光觀照人世。〈第二天──我們不在了〉讀來像是每日例行的氣象預報：今天天氣陰晴不定，涼爽多霧，可能放晴，但時有強風，也可能出現暴雨。在最後一節，預報員善意提醒聽眾：雖然明日豔陽高照，出門時最好還是攜帶雨具，以備不時之需。而此一提醒針對的對象竟是第二天「還活著的人」，這讓原本對標題感到納悶的我們，頓時豁然開朗：原來辛波絲卡以多變的氣候暗喻無常的人生，今日健在的我們有可能明天已不在人世。這樣的主題屢見不鮮，但以如此簡潔的語言，淡定的口吻和超然的態度處理如此嚴肅沉重的題材，是辛波絲卡的拿手絕活，一如她在其他許多作品裡所展現的。

*

此書所譯《冒號》一輯中〈事實上每一首詩〉一詩，具體而微地揭示出辛波絲卡的詩觀：

事實上每一首詩
或可稱為「瞬間」。
只要一個詞組就夠了，
以現在式，
過去式，甚至未來式；

這樣就夠了，文字所承載的
事物
會開始抖擻，發光，
飛翔，流動，
看似
固定不變
卻有著變化有致的影子；

……

如果在書寫之手下方出現，
也許，一樣名之為
某人風格的東西；
如果以白紙黑字，
或者至少在腦中，

基於嚴肅或無聊的理由，

放上問號，

且如果答之以——

冒號：

詩是留白的藝術，詩歌文字必須自身俱足，自成一格，詩人發掘問題，但不提供特定答案。詩末的未完待續（「冒號：」）可由詩人，也可由讀者，繼續書寫。

辛波絲卡在諾貝爾文學獎致詞時曾說：「詩人——真正的詩人——也必須不斷地說『我不知道』。每一首詩都可視為回應這句話所做的努力，但是他在紙頁上才剛寫下最後一個句點，便開始猶豫，開始體悟到眼前這個答覆是絕對不完滿而可被屏棄的純代用品。於是詩人繼續嘗試，他們這份對自我的不滿所發展出來的一連串的成果，遲早會被文學史家用巨大的紙夾夾放在一起，命名為他們的『作品全集』。」因為對世界永保感到驚嘆的好奇心，因為將作品視為有待持續修改的未成品，辛波絲卡的詩始終蘊含新意和感動，她絕對是沒有新鮮事的太陽底下，最新鮮，也永久保鮮的詩人。在她「書寫之手下方」，已確然出現一樣，讓中文世界（以及全世界）讀者驚豔的，名之為「辛波絲卡風格」的東西。

——二〇一六年八月・台灣花蓮

【附錄二】

詩人與世界——一九九六年諾貝爾文學獎得獎辭

辛波絲卡

據說任何演說的第一句話一向是最困難的，現在這對我已不成問題啦。但是，我覺得接下來的句子——第三句，第六句，第十句……一直到最後一行——對我都是一樣的困難，因為在今天這個場合我理當談詩。我很少談論這個話題——事實上，比任何話題都少。每次談及，總暗地裡覺得自己不擅此道，因此我的演講將會十分簡短，上桌的菜量少些，一切瑕疵便比較容易受到包容。

當代詩人對任何事物皆是懷疑論者，甚至——或者該說尤其——對自己。他們公然坦承走上寫詩一途情非得已，彷彿對自己的身分有幾分羞愧。然而，在我們這個喧譁的時代，承認自己的缺點——至少在它們經過精美的包裝之後——比認清自己的優點容易得多，因為優點藏得較為隱密，而你自己也從未真正相信它們的價值……在填寫問卷或與陌生人聊天時——也就是說，在他們的職業不得不曝光的時候——詩人較喜歡使用籠統的名稱「作家」，或者以寫作之外所從事的任何工作的名稱來代替「詩人」。辦事官員或公車乘客發現和自己打交道的對象是一位詩人的時候，會流露出些許懷疑或驚惶的神色。我想哲學家也許會碰到類似的反應，不過他們的處境要好些，因為他們往往可以替自己的職業冠上學術性的頭銜。哲學教授——這樣聽起來體面多了。

但是卻沒有詩教授這樣的頭銜。這畢竟意味著詩歌不是一個需要專業研究，定期考試，附有書目和註解的理論性文章，以及在正式場合授予文憑的行業。這也意味著光看此書——即便是最精緻的詩——並不足以成為詩人。其關鍵因素在於某張蓋有官印的紙。我們不妨回想一下：俄國詩壇的驕傲、諾貝爾桂冠詩人布洛斯基（Joseph Brodsky），就曾經因為這類理由而被判流刑。他們稱他為「寄生蟲」，因為他未獲官方授予當詩人的權利。

數年前，我有幸會見布洛斯基本人。我發現在我認識的詩人當中，他是唯一樂於以詩人自居的。他說出那兩個字，不但毫不勉強，相反地，還帶有幾分反叛性的自由，我想那是因為他憶起了年輕時所經歷過的不人道羞辱。

在人性尊嚴未如此輕易遭受蹂躪的較幸運的國家，詩人當然渴望被出版，被閱讀，被了解，但他們絕少使自己超越一般民眾和單調日常生活的水平。而就在不久前，本世紀的前幾十年，詩人還竭盡心力以其奢華的衣著和怪異的行徑讓我們震驚不已，但這一切只是為了對外炫耀。詩人總有關起門來，脫下斗篷、廉價飾品以及其他詩的裝備，去面對——安靜又耐心地守候他們的自我——那白皙依舊的紙張的時候，因為到頭來這才是真正重要的。

偉大科學家的電影版傳記相繼問世，並非偶然。越來越多野心勃勃的導演，企圖忠實地再現重要的科學發現或傑作的誕生的創造過程，而且也的確能幾分成功地刻畫出投注於科學上的心血。實驗室，各式各樣的儀器，精密的機械裝置重現眼前：這類場景或許能讓觀眾的興趣持續一陣子；充滿變數的時刻——這個經過上千次修正的實驗究竟會不會有預期的結果？——是相當戲劇化的。講述畫家故事的影片可以拍得頗具可看性，因為影片再現一幅名作形成的每個階段，從第一筆畫下的鉛筆線條，到最後一筆塗上的油彩。音樂則瀰漫於講述作曲家故事的影片中：最初在音樂家耳邊響起的幾小節旋律，最後會演變成交響曲形式的成熟作品。當然，這一切都流於天真爛漫，對奇妙的心態——一般稱之為靈感——並未加以詮釋，但起碼觀眾有東西可看，有東西可聽。

而詩人是最糟糕的，他們的作品完全不適合以影像呈現。某個人端坐桌前或躺靠沙發上，靜止不動地盯著牆壁或天花板看；這個人偶爾提筆寫個七行，卻又在十五分鐘之後刪掉其中一行；然後另一個小時過去了，什麼事也沒發生……誰會有耐心觀賞這樣的影片？

我剛才提到了靈感。被問及何謂靈感或是否真有靈感之時，當代詩人會含糊其詞。這並非他們未曾感受過此一內在激力之喜悅，而是你很難向別人解說某件你自己都不明白的事物。

好幾次被問到這樣的問題時，我也躲閃規避。不過我的答覆是：大體而言，靈感不是詩人或藝術家的專屬特權；現在、過去和以後，靈感總會去造訪某一群人——那些自覺性選擇自己的職業並且用愛和想像力去經營工作的人。這或許包括醫師，老師，園丁——還可以列舉出上百項行業。只要他們能夠不斷地發現新的挑戰，他們的工作便是一趟永無終止的冒險。困難和挫敗絕對壓不扁他們的好奇心，一大堆新的疑問會自他們解決過的問題中產生。不論靈感是什麼，它衍生自接連不斷的「我不知道」。

這樣的人並不多。地球上的居民多半是為了生存而工作，因為不得不工作而工作。他們選擇這項或那項職業，不是出於熱情；生存環境才是他們選擇的依據。可厭的工作，無趣的工作，僅僅因為待遇高於他人而受到重視的工作（不管那工作有多可厭，多無趣）——這對人類是最殘酷無情的磨難之一，而就目前情勢看來，未來似乎沒有任何改變的跡象。

因此，雖然我不認為靈感是詩人的專利，但我將他們歸類為受幸運之神眷顧的菁英團體。

儘管如此，在座各位此刻或許存有某些疑惑。各類的拷問者、專制者、狂熱分子，以一些大聲疾呼的口號爭權奪勢的群眾煽動者——他們也喜愛他們的工作，也以富創意的熱忱去履行他們的職責。的確如此，但是他們「知道」。他們知道，而且他們認為自己所知之事自身俱足；他們不想知道其他任何事情，因為那或許會減弱他們的主張的說服力。任何知識若無法引發新的疑問，便會快速滅絕：它無法維持賴以存活所需之溫度。以古今歷史為借鏡，此一情況發展至極端時，會對社會產生致命的威脅。

這便是我如此重視「我不知道」這短短數字的原因了。這詞彙雖小，卻張著強而有力的翅膀飛翔。它擴大我們的生活領域，使之涵蓋我們內在的心靈空間，也涵蓋我們渺小地球懸浮其間的廣袤宇宙。如果牛頓不曾對自己說「我不知道」，掉落小小果園地面上的那些蘋果或許只像冰雹一般；他頂多彎下身子撿取，然後大快朵頤一番。我的同胞居禮夫人倘若不曾對自己說「我不知道」，或許到頭來只不過在一所私立中學當化學老師，教導那些家世良好的年輕仕女，以這一份也稱得上尊貴的職業終老。但是她不斷地說「我不知道」，這幾個字將她——不只一次，而是兩度——帶到了斯德哥爾摩，在這兒，不斷追尋的不安靈魂不時獲頒諾貝爾獎。

詩人——真正的詩人——也必須不斷地說「我不知道」。每一首詩都可視為回應這句話所做的努力，但是他在紙頁上才剛寫下最後一個句點，便開始猶豫，開始體悟到眼前這個答覆是絕對不完滿而可被摒棄的純代用品。於是詩人繼續嘗試，他們這份對自我的不滿所發展出來的一連串成果，遲早會被文學史家用巨大的紙夾夾放在一起，命名為他們的「作品全集」。

有些時候，我會夢想自己置身於不可能實現的處境，譬如說，我會厚顏地想像自己有幸與那位對人類徒然的努力發出動人噫嘆的《舊約・傳道書》的作者談天。我會在他面前深深地一鞠躬，因為他畢竟是最偉大的詩人之一——至少對我而言。然後我會抓住他的手。「『太陽底下沒有新鮮事』：你是這麼寫的，傳道者。但是你自己就是誕生於太陽底下的新鮮事，你所創作的詩也是太陽底下的新鮮事，因為在你之前無人寫過。你所有的讀者也是太陽底下的新鮮事，因為在你之前的人無法閱讀到你的詩。你現在坐在絲柏樹下，而這絲柏自開天闢地以來並無成長，它是藉由和你的絲柏類似但非一模一樣的絲柏而成形的。傳道者，我還想問你目前打算從事哪些太陽底下的新鮮事？將你表達過的思想做進一步的補充？還是駁斥其中的一些論點？你曾在早期的作品裡提到『喜悅』的觀點——它稍縱即逝，怎麼辦？說不定你會寫些有關喜悅的『太陽底下的新鮮』詩？你做筆記嗎？打草稿嗎？我不相信你會說：『我已寫下一切，再也沒有任何需要補充的了。』這樣的話，世上沒有一個詩人說得出口，像你這樣偉大的詩人更是絕不會如此說的。」

世界——無論我們怎麼想，當我們被它的浩瀚和我們自己的無能所驚嚇，或者被它對個體——人類、動物、甚至植物——所受的苦難所表現出來的冷漠所激憤（我們何以確定植物不覺得疼痛）；無論我們如何看待為行星環繞的星光所穿透的穹蒼（我們剛剛著手探測的行星，早已死亡的行星？依舊死沉？我們不得而知）；無論我們如何看待這座我們擁有預售票的無限寬廣的劇院（壽命短得可笑的門票，以兩個武斷的日期為界限）；無論我們如何看待這個世界——它是令人驚異的。

但「令人驚異」是一個暗藏邏輯陷阱的性質形容詞。畢竟，令我們驚異的事物背離了某些眾所皆知且舉世公認的常模，背離了我們習以為常的明顯事理。而問題是：此類顯而易見的世界並不存在。我們的訝異不假外求，並非建立在與其他事物的比較上。

在不必停下思索每個字詞的日常言談中，我們都使用「俗世」、「日常生活」、「事物的常軌」之類的語彙……但在字字斟酌的詩的語言裡，沒有任何事物是尋常或正常的——任何一個石頭及其上方的任何一朵雲；任何一個白日以及接續而來的任何一個夜晚；尤其是任何一種存在，這世界上任何一個人的存在。

看來艱鉅的任務總是找上詩人。

——一九九六年十二月七日於斯德哥爾摩

辛波絲卡作品年表

詩集

存活的理由（*Dlatego zyjemy*, 1952）
自問集（*Pytania zadawane sobie*, 1954）
呼喚雪人（*Wolanie do Yeti*, 1957）
鹽（*Sól*, 1962）
一百個笑聲（*Sto pociech*, 1967）
可能（*Wszelki wypadek*, 1972）
巨大的數目（*Wielka liczba*, 1976）
橋上的人們（*Ludzie na moscie*, 1986）
結束與開始（*Koniec i poczatek*, 1993）
瞬間（*Chwila*, 2002）
冒號（*Dwukropek*, 2005）
這裡（*Tutaj*, 2009）
足矣（*Wystarczy*, 2012）

散文集

非強制閱讀（*Lektury nadobowiazkowe*, 1973）
非強制閱讀新輯（*Nowe Lektury nadobowiazkowe: 1997-2002*, 2002）

國家圖書館預行編目資料

辛波絲卡. 最後／辛波絲卡（Wislawa Szymborska）著；陳黎, 張芬齡譯. ——初版. ——臺北市；寶瓶文化, 2019. 01
　面；　公分, ——（island；286）
譯自：The Final
ISBN 978-986-406-140-2（平裝）

822.151　　　　　　　　107019379

Island 286

辛波絲卡・最後

作者／辛波絲卡（Wislawa Szymborska）　譯者／陳黎・張芬齡

發行人／張寶琴
社長兼總編輯／朱亞君
副總編輯／張純玲
資深編輯／丁慧瑋　編輯／林婕伃
美術主編／林慧雯
校對／張純玲・陳佩伶・劉素芬・陳黎・張芬齡
營銷部主任／林歆婕　業務專員／林裕翔　企劃專員／李祉萱
財務／莊玉萍
出版者／寶瓶文化事業股份有限公司
地址／台北市110信義區基隆路一段180號8樓
電話／(02) 27494988　傳真／(02) 27495072
郵政劃撥／19446403　寶瓶文化事業股份有限公司
印刷廠／世和印製企業有限公司
總經銷／大和書報圖書股份有限公司　電話／(02) 89902588
地址／新北市新莊區五工五路2號　傳真／(02) 22997900
E-mail／aquarius@udngroup.com

初版一刷日期／二〇一九年二月十二日
初版四刷+日期／二〇二三年十二月五日
ISBN／978-986-406-140-2
定價／二八〇元
THE FINAL

AQUARIUS 寶瓶文化事業

愛書人卡

感謝您熱心的為我們填寫，
對您的意見，我們會認真的加以參考，
希望寶瓶文化推出的每一本書，都能得到您的肯定與永遠的支持。

系列：Island 286　**書名：辛波絲卡・最後**

1. 姓名：＿＿＿＿＿＿＿＿　性別：□男　□女
2. 生日：＿＿＿年＿＿＿月＿＿＿日
3. 教育程度：□大學以上　□大學　□專科　□高中、高職　□高中職以下
4. 職業：＿＿＿＿＿＿
5. 聯絡地址：＿＿＿＿＿＿＿＿＿＿＿＿＿＿＿＿

   聯絡電話：＿＿＿＿＿＿＿＿　手機：＿＿＿＿＿＿＿＿
6. E-mail信箱：＿＿＿＿＿＿＿＿＿＿＿＿＿＿

   □同意　□不同意　免費獲得寶瓶文化叢書訊息
7. 購買日期：＿＿＿年＿＿＿月＿＿＿日
8. 您得知本書的管道：□報紙／雜誌　□電視／電台　□親友介紹　□逛書店　□網路

   □傳單／海報　□廣告　□其他
9. 您在哪裡買到本書：□書店，店名＿＿＿＿＿　□劃撥　□現場活動　□贈書

   □網路購書，網站名稱：＿＿＿＿＿＿　□其他＿＿＿＿＿
10. 對本書的建議：（請填代號　1. 滿意　2. 尚可　3. 再改進，請提供意見）

    內容：＿＿＿＿＿＿＿＿＿＿＿＿

    封面：＿＿＿＿＿＿＿＿＿＿＿＿

    編排：＿＿＿＿＿＿＿＿＿＿＿＿

    其他：＿＿＿＿＿＿＿＿＿＿＿＿

    綜合意見：＿＿＿＿＿＿＿＿＿＿＿＿＿＿＿＿＿＿＿＿
11. 希望我們未來出版哪一類的書籍：＿＿＿＿＿＿＿＿＿＿＿＿＿＿

讓文字與書寫的聲音大鳴大放

寶瓶文化事業股份有限公司

（請沿此虛線剪下）

廣　告　回　函
北區郵政管理局登記
證北台字15345號
免貼郵票

寶瓶文化事業股份有限公司收

110台北市信義區基隆路一段180號8樓

8F,180 KEELUNG RD.,SEC.1,

TAIPEI.(110)TAIWAN R.O.C.

（請沿虛線對折後寄回，或傳真至02-27495072。謝謝）